一〇五歳、死ねないのも困るのよ

篠田桃紅

GENTOSHA

一〇五歳、死ねないのも困るのよ　目次

第一章　歳と折れ合って生きる

亡くなった人にどこかで会えるかもしれない　10
楽観的に生きる　15
外界とは積極的に付き合う　19
今の自分を高く評価する　24
若き日も暮れる日も、それなりにいい　28
長生きの秘訣　31

豊かな時間を過ごしている　35
目に見えないものを求めている　41
人間ってこういうもの　45
なにかの導きがあって今の自分がいる　49

第二章　幸福な一生になりえる

生きていく力は授かっている　54
自分で人生を工夫する　58
多くを持たないことの幸せ　61
あなたの運命を受け入れる　65
今日は出会えるかな？　69

幸福はあなたの自覚しだい 72
風はみんなに同じように吹いている 76
過去は確かで幸せなもの 80

第三章 やれるだけのことはやる

生き延びる 86
期待して生きている 91
生まれたときの自分に信を置く 95
自分はなにをしたいのか考えるべき 99
最後まで自分の足で歩く 103
この世に縁のない人はいる 107

そのへんでやめておく　111
命を粗末にしない　115
「玄」は人生の始めで終わり　119
「玄」へ続く道　123

第四章　心の持ちかたを見直す

自分で自分がわからない　128
人生の本分が大事　132
自然にまかせる　136
筆をとれば思い生ず　139
きものは謙虚、洋服は尊大　143

日本の木の四角いお風呂は哲学空間　147
江戸っ子の批判精神　151
もっと自分たちで生み出す努力を　155
無知は人生の損　160
芸術が寄り添ってくれる　165
なにげない生活のなかに芸術はある　169
後世に希いを託す　174

ブックデザイン　鈴木成一デザイン室
カバー「玄」　篠田桃紅筆
章扉「壱」「弐」「参」「四」　篠田桃紅筆
写真　岩関禎子
DTP　美創
構成　佐藤美和子

第一章
歳と折れ合って生きる

亡くなった人にどこかで会えるかもしれない

自分の一生を振り返ったとき、ふっと、子どものときに歌って遊んでいた『通りゃんせ』を思い出しました。

通りゃんせ　通りゃんせ　ここはどこの細道じゃ
天神さまの細道じゃ
ちっと通して　下しゃんせ
御用のないもの　通しゃせぬ
この子の七つのお祝いに
お札を納めにまいります
行きはよいよい　帰りはこわい

こわいながらも
通りゃんせ　通りゃんせ

この世には、自分たちの力の及ばない、神秘的な恐れがどうやらある、ということを知った歌でした。子ども心に、この世に生きていることの寂しさ、恐れが芽生えたように思います。

人は、宇宙のはかり知れないもののなかの小さな存在としての自分を自覚しています。謙虚、無力感、本能的な恐れを持っています。

細道の行きは、生を受けてから成人するまで。親をはじめ周囲の大人に守られていますから、よいよい、です。そして、今の私は帰り。人生の帰りではありません。冥界へ帰るところ。よろよろ、です。

体が、日に日に衰えているのがわかります。弱っていく運動神経が、当分はこのあたりで、と一休みしてくれればと思うのですが、そうもいきません。

冥界は、人の心が生み出している架空の世界。極楽も地獄もほんとうにあるわけはないと思いながら、人は想像力でいろんな世界をつくっています。想像力の手がかりとなっているのが、あまり類のない不思議な美しさ、面白さを持ったものに出会ったときです。人は、この世でない世界を、心で夢見ることができます。

見渡す限り咲いている黄色い菜の花の畑、赤く染まった富士山など、普段あまり見慣れていない光景を目にすると、この世のほかに、どこか行けるところがあるのかもしれない、とふっと思います。

私が想像する冥界は、具体的ではありません。

今のこの世には存在していない不思議な異界があるのかもしれない、とふっと心のなかで見ることがあるというだけです。

一種の夢想です。

たとえば美しい夕暮れの雲を見れば、雲の向こう側には、父や母、私にとって懐かしい人がいるのかなと思うことがあります。亡くなった人にどこかで会えるかもしれないという望みを、心のどこかで抱《いだ》いているのでしょう。もう会えないけれど、どこかにいて、私を見てくれているかもしれない。私もそういうところへ行かれるのかもしれないと。

でも、夢想の世界はないのでしょう。

死んだら人は生物として無《な》くなったというだけで、なにもない。「無」なのだろうと思っています。

それにしても、夢想の世界を心のなかに見る、そうした人の想像力はどこからくるのでしょうか。それはそれで謎めいています。

もう会えないけれど、
どこかにいて、
私を見てくれている
かもしれない。

楽観的に生きる

ふっと、なんでもないことから、私はこの歳《とし》なのだ、と気がつくことがあります。普段は、歳のことなど気にしていないのですが、なにかの拍子に、これはもうとんでもないことで、不思議な現象が起きている。今はこうしているけれど、明日はダメかもしれないと我に返ります。今は人と会っていても、明日はもういないかもしれません。それくらいもう歳をとっています。いつ時間が止まっても不思議ではないのです。

しかし、恐怖心はありません。

私のなかには、自分のことを観察している、非常に理性的で客観的な見方をしている私がいます。その私は、明日はダメになっても、不思議でもなんでもないことを知っています。それでも、恐怖と感じずに、こうして平然と生きています。

それは、もう一人の私がいるからだと思います。その私は、客観的な見方をする私には引っかからず、そして踊らされず、自分というものを持っています。理性的なもう一人の私の見方を大筋認めていますが、気に留めていません。人の未来のことは、ほんとうは誰にもわからない、と楽観的なことを思っています。

ですから、私は、二人の私のあいだを行き交い、一人の私が強くなったり、もう一人の私が強くなったり、代わりばんこになっているように思います。そうやって、なんとなく日々、時間が過ぎて、生きているのだろうと思います。

人は不思議な生き物だと思います。一人のなかで、客観的なものと主観的なものとが組み合わされて生きているのですから。客観的には明日死んでもおかしくないと思っている一方で、主観的にはまだ大丈夫だろうと思っています。

私の周りの人は、人の寿命は神秘的なもので、誰にもわかりませんからと言って、私の死期には触れず、はぐらかしてくれます。確かに、人の命くらいわからないものはありません。いくら若くても、明日ダメにならないとは限りません。

自分で決められることではありません。
だから悩んでもしかたありません。
楽観的な私に心を置いて生きていようと思っています。

楽観的な自分に
心を置いて
平然と生きる。

外界とは積極的に付き合う

この一、二年、私は杖《つえ》をついて歩いています。背骨を圧迫骨折してからは、二本よりは三本の足。あるいは手すりなどにつかまって歩いています。不自由になりましたが、それを情けないとは思っていません。

杖をついていることで、長く生きたことを振り返り、杖を生み出した人の知恵を知り、人は、さまざまに工夫して、長寿になったことに思いが至ります。杖をつくようになると、なかには自分は老いて不幸だと感じる人もいるでしょう。でも、それを嫌《いや》だと思わずに、楽しむことが大切だと思います。

たとえば、予定があったけれど、雪が降ってキャンセルになった。雪が降ったら降ったで、ほかのことをして楽しもう、という感覚です。

自分の歳と体との付き合いかたのコツは、柔軟性を持って対応をする。互いに折れ合う、ということです。

簡単に言えば、私たちは、暑いときに涼しい身なりをして、寒くなったら暖かい身なりをします。その柔軟な対応の延長が、杖をつくなどをする老いの暮らしです。

人生は、自分以外の外界との付き合いです。

自然との付き合い、人同士の付き合い、社会との関わりなど、外界は多様です。そして外界は、自分一人の力では変えられません。雪が降らないようにと思っても、降るときは降るように、人も社会も自分の思いどおりにはなりません。老いも同じです。老いは自然ですから、どうにかなるものではありません。

しかし、外界は変えられなくても、自分はいくらでも変えられます。そして外界に対応するとき、私たちにはさまざまな選択肢があります。

雪が降った。ほかに用をつくって外出する選択もあるでしょうし、外出はやめて室内で過ごす選択もあります。老いると、体に関わる対応の幅は減りますので、少なくとも外出はやめようということになるでしょう。

しかし、そのとき、ああつまらない、と思うのではなく、それを面白がる精神を持つことが大切です。つまり、外界で起きるさまざまなことを、どう受け止めるかです。雪が降って、冷たくて嫌だと受け止める人もいますし、きれいだなと思う人もいます。想像力を働かせて、空からの便りだと感じる人もいます。昔、人工雪をつくった理学博士、中谷宇吉郎《なかやうきちろう》氏（一九〇〇〜一九六二年）は「雪は天から送られた手紙である」とおっしゃって、雪と人の心を結びつけていました。なにがあっても、うんざりだと思うよりは、たいていのことは受け止めて喜ぶほうが、人生は豊かになります。

そして自分の心に広がりと厚みを持たせて、その心を働かせていれば、人生はいつまでも飽きません。

今日は、紫を着ようとか、青を着たいと思えば青を着て、自分で喜ぶことを考え出している人もいます。なにを着てもつまらなそうにしている人よりも、人生の楽しみかたが上手です。体が悪くて、部屋から出られなくても、朝陽や夕陽を眺めて楽しむ人もいます。

外界とは、積極的に付き合うほうがいいと思います。

体が老いても、外界との付き合いかたはいくらでもあります。

人は、どのようにも老いを生きることができて、どのようにも人生を楽しむことができます。老いの人生をいかに幅広くして楽しむかはその人しだいです。

歳と折れ合って、
面白がる精神を持つ。

今の自分を高く評価する

老いかたの方法論はたいへんな問題です。

老人になっていく生きかたは、ほんとうに難しいです。

頭のなかは、思考力や洞察力はどんどん成熟していますが、記憶力はずいぶん衰えています。気力も落ちています。しかし、精神はますます成熟しており、思いも深まっています。

一身のなかで、成熟している頭と精神、衰えている頭と体力の両方を抱えてやっていかなければならないのが、老いるということだと感じています。

そして、自分の頭や体の衰えから、生き物は老いるという自然を前にして、無力であることをしみじみ感じます。

しかしそのなかで、まだこういうことなら、自分はできる、と持ちこたえながら、でも無理はしないでやっています。矛盾しているように聞こえますが、老いに、ただすべてをまかせるのではなく、私は、自分の意思も反映させるようにしています。

そして、絶望はしない。かといって無我夢中で若返ろうともしない。いい老いかたの道を求める気持ちを持っていることが、いい老いかたに繋《つな》がるのではないかと思っています。

歳をとって重ねたものは、非常に得難《えがた》いものです。

それをいいものにするか、しないか、という選択肢はつねにその人にあります。老いぼれて私はもうダメです、と言うのか、歳は歳だけれど、若い人に真似のできないものもある、と言うのか。

老いは、老醜と言って醜《みにく》いものとされています。あるいは、老いぼれて生き長らえることを、老残の身をさらすと言います。老につく言葉で、いい言葉は見当たりません。それだけ、人は、これまで老いのよさを認めずにきてしまいました。

重ねた歳月を醜いものとして捨ててしまうのではなく、自負を持つこと、自分を高く評価すること。それが一番大事だと思います。

歳を重ねることを
醜いものとして
捨てるのではなく、
自負を持つこと、
自分を高く評価すること。

若き日も暮れる日も、それなりにいい

先日、自分の若いときの作品と老いてからの作品を、一堂に眺める機会がありました。私の描く線は、定規をあてて線を引くのではなく、フリーハンドで一気に描きますので、体の力を使う技術と線に込める心などによって、一本一本絶えず変化します。

若いときの作品は、力は充分にありましたから、みなぎるような力の線とかたちです。歳を重ねてからの作品は、線の力は弱まり、線に込める心が目立つようになっています。目に見えるものは弱まり、目に見えないものが強くなっているのです。心は、歳をとるにつれて深まっていますので、その心が線に現れてきた。それはそれでたいへんにありがたいことだと、私は思いました。

しかし、この先、私に筆を動かす力がなくなってしまったら、いくら私の心が成熟しようとも、物理的に描くことはできなくなります。心が単独で描いてくれればいいのですが、生身《なまみ》の体を通さなければ、具体化することはできません。どんなに心が成熟しても、体は衰えている。皮肉なものです。

心の成熟したものを表すだけの力が、最後まで残ってくれればと思っています。そうすれば、若いときには成し得なかった最後の作品になるでしょう。

でも、それは若いときの作品を否定しているわけではありません。若いときには、若さが功を奏する作品、若さを必要とする作品があります。私には、若いときの作品と老いてからの作品、どちらがいいのか判断はつけられません。

兼好法師は『徒然草』で、「花は盛《さか》りに、月は隈《くま》なきをのみ見るものかは」と書き残しています。満開だけが花、満月だけが月ではないという意味です。

人は、若かったときのその人がいいか、老いてからのその人がいいか。議論することではなく、どちらもそれなりにいい、と私は思っています。

満開だけが花、
満月だけが月ではない。

長生きの秘訣

長生きしているヘンな人、なんであんなに長生きしているのだろう、と私は思われていると思います。長生きの秘訣《ひけつ》はなんですか、としょっちゅう尋ねられますので、一度、大真面目に考えてみることにしました。

私にはまず、私のいい加減なおしゃべりを聞いてくれる人がいます。

だから私は、時間を忘れてしゃべりつづけます。もうこんな時間？　と切り上げるのは、私ではなく来客のほうで、「すっかり遅くなって、晩ごはんの時間になりましたから」とか、「ずっとおしゃべりされていて、さぞかしお疲れでしょう」などと言って、まだまだ話をしたい私を置いて、疲労の色を浮かべて帰っていきます。

批判的な人から見たら、「歳をとった人だからと思って聞いてくれているのよ。

あなたはどれほどそういう人の恩に着ていることか。なのに、そういうことをやって、当然だと言わんばかりね」と思うことでしょう。事実、正直にそう忠告してくれた人もいました。おしゃべりの自覚はあります。

次に思いつくのは、年に二か月ほど過ごす山中湖の山荘です。

私は結核を患ったことから、肺が丈夫ではありません。空気が清浄な場所で過ごすことは、私の肺にはとてもいいことです。医師の日野原重明先生も、年に二〜三か月間、標高一千メートル以上の場所で過ごすのは長生きする秘訣だと、生前おっしゃっていましたので、山荘暮らしはお墨付きとも言えます。

それに、私は子どもの頃から暑さにはめっぽう弱く、夏になると、冷蔵箱といって氷で冷蔵する冷蔵庫に頭を突っ込んで冷やしていたほどでした。暑さで、ぐったりして生活もままならなくなりますが、山中湖へ行くと、その日から食欲は旺盛《おうせい》になり、くたびれはてている体に体力が少し戻ってきますから、私を大いに救ってくれています。

あとはやはり、私のわがままな性格でしょうか。

私は、一人でやりたいようにやってきました。美術団体や連盟などに所属することは、私の性格では無理なことでした。その代わり、自らによって生きることは、とても孤独なことです。しかし、それが私にとっての自然体でした。

さて、こうして列挙してみたものの、はたしてこれらが、ほんとうに長生きの秘訣なのか、私にはさっぱりわかりません。

ただわかることは、いくら長く生きても、生きることに行き詰まるなんてことはない、ということです。私の場合、描いても、描いても、まだなんの表現もできていないと感じます。もうなにも表現するものがない、とはなりません。人生はやることが尽きないと感じることも、ひょっとして長生きの秘訣なのでしょうか。

長生きに秘訣があるのかすらも、私にはわかりません。

どれだけ長く生きても、
生きることに
行き詰まることはない。

豊かな時間を過ごしている

雪が降ると、私は中原中也の詩「雪の賦《ふ》」を思い出します。
そのおかげで、ただ雪を眺めているより何倍も雪を楽しむことができます。

「雪の賦」　中原中也

雪が降るとこのわたくしには、人生が、
かなしくもうつくしいものに――
憂愁にみちたものに、思へるのであつた。

その雪は、中世の、暗いお城の塀にも降り、大高源吾の頃にも降つた……

幾多々々《あまた》の孤児の手は、
そのためにかじかんで、
都会の夕べはそのために十分悲しくあつたのだ。

ロシアの田舎の別荘の、
矢来の彼方《かなた》に見る雪は、
うんざりする程永遠で、

雪の降る日は高貴の夫人も、
ちつとは愚痴でもあらうと思はれ……

雪が降るとこのわたくしには、人生が、
かなしくもうつくしいものに――
憂愁にみちたものに、思へるのであつた。

中原さん自身が雪が降っているのを眺めて、いろんな空想が生まれたのでしょう。そしてそれを言葉に置き換えてくれたおかげで、彼の空想を万人が共有することができています。詩になったおかげで、私たちは、詩人がつくった空想をおすそ分けしてもらって、自分も空想を夢見ることができています。人々の心のなかに、大きな美しい誘いかけをつくった詩人を、私はとてもありがたいと思います。

普通なら、雪が降れば、ただだんだんと白く積もっている、というだけで終わります。しかし、詩人の頭のなかの雪は、ただ降っているだけではありません。人生が、悲しくも美しいものに、そして憂愁に満ちたものになっています。

なぜなら、その雪は、中世のお城にも降り、大高源吾にも降っています。大高源吾は、忠臣蔵の赤穂浪士四十七士の一人で、雪の日に討ち入りの話し合いに出かけています。さらに雪は、都会の貧しい孤児の体の上にも降り、高貴な夫人がいる田舎の別荘にも降っています。まったく環境の違う場所に降る、さまざまな雪を連想しています。

詩の力で、私たちは自分たちの知らない境地をのぞくことができます。雪が仲立ちとなって、詩人の心が近寄ってきます。

このように、文学や絵などの芸術は、私たちに喜びや悲しみなどの影響をもたらしてくれて、それこそが芸術の一番の存在価値です。

きれいな雪だと思って眺めているよりも、詩を思い出すことで、深く、また違ったいろいろな色彩が加わっていきます。雪と自分のあいだの味わいかたは、非常に複雑に、楽しく、面白くなります。

そして、芸術の普遍性は、私たちの心に宿る、ことなのだと思います。

私は、彼の詩を知っていたおかげで、雪が降ったというだけで、私の心の遊びかたはずっと広まり、深まります。そして、いろんな空想をして、豊かな時間を過ごしています。

芸術が心に宿ることで、
心の遊びかたは
ずっと広まり、深まる。

目に見えないものを求めている

若いときは、いろいろなことに手間をかけていました。

こんなときはこういうきものを着よう、今日はこのきものを着るので、襟《えり》は真っ白にしておくのではなく水色にしよう、などと一つひとつ凝っていました。

生活全般が非常にデリケートで、季節、相手、場所などによってさまざまな変化がありました。面倒なことが面白く、興味もありました。どうでもいいことにこだわり、幅広く自分の心というものが使われていました。

老いると、そうしたことに費やすエネルギーがありません。どうでもいいことはどうでもよくなります。生きているのか死んでいるのか、その中間ぐらいにいて、半分死んでいます。生活の幅も減って、一本調子のつまらないものになっています。

しかし、人生に対する考えかたは、少しは深まってきているように思います。目に見えるものにはこだわらなくなり、心の向きが変わっています。老いるということは、目に見えることより、目に見えない方角に心が動く、ということでもあると思います。

心が、目に見えないものを求めています。

目に見えるものではないものを見ようとするのは、若いときから絶えずあることですが、目に見えることの限界の先。目に見えないなにかを見ようとしています。表現されていない、奥の奥の奥。

かたちには至っていない、その奥にあるものです。

感覚的には、手探りをしているように感じます。闇《やみ》のなかを探りながら、これはなんだろうと。そして、ああ、この光は美しい、と目に見えるものに飽き足りなくなった自分がいることを感じます。機能を持った目の果たしえないものを、心が見ようとしているようです。

心眼《しんがん》、という言葉が昔からあります。

目で見るのではない、心の目に訴えてくるものを探ろうとする人の態度です。たとえば、木々に差す美しい夕陽。美しい光を目で見たと思っても、一種の幻影ですぐに消えます。だけど、なにかがあったことはあったらしい。それを心眼は探ろうとします。

消えてしまって手にできないもの。

目に留まらないもの。

安定してくれないもの。

そうしたものに近づきたい、掴《つか》みたい、と、心の向きが移っているように感じています。

心眼という言葉がある。
目で見るのではない、
心の目に訴えてくるものを
探ろうとする人の態度です。

人間ってこういうもの

私の頭はだいぶ磨り減《す》ってきました。だいたいここまで使えば磨り減る、という磨り減りかたになっています。

体もガタがきていて、それなりに動かしていますが、このまま動かしていては危ないことになるので、二年前、新しい人工骨を背骨のつっかえ棒にしました。どんなものにも寿命があり、なんだって磨り減ります。

靴にしても、かかとなどの底がだんだんと磨り減ります。使いすぎたから磨り減る。底が擦《こす》れてなくなってしまったような、薄くなった靴を持っている人がいます。よくまあここまで使ったというような靴。だけど本人にしてみたら、今さら捨てられない。やっぱり便利で、これでまだ使えますから、と言って使います。使い慣れたものは捨てられません。

男の人で、よれよれになっても、好きなネクタイを締める人もいます。新しいほうがきれいなのはよくわかっている。それだのに、その締め慣れたネクタイを、薄汚れていてもつい締めてしまいます。すでに自分の一部になっていて、捨てられない。取り替えるなんてこと、とてもできない。

靴やネクタイ、ベルトなど身の回りのものですらそうです。妻がいくらこれは取り替えなさい、と言っても、取り替えたくないものはある。擦り切れそうなものを使っています。人間のその心理はとても不思議です。捨てるのがしのびなくなっています。

もちろん、さっさと新しいものに替える人もいるでしょう。古いものを身につけているほうが安心というタイプの人もいます。腕時計で、旧式の手巻きのものをずっとつけている人がいました。今どき、手巻きの腕時計なんて古臭いと言われても、その人はつけていました。長く親しんだものをやっぱり捨てられない。人はそういう生き物です。

子どもにだっています。遊んでいるぬいぐるみが汚くなっても、それを抱いています。自分自身の一部になっている。そして汚くなっても、子どものときのものは捨てられない。親が汚いからと捨てたりすると、親子げんかになります。

私みたいに長く生きて、いろんな時代、いろんな生活をして、それぞれに思い出がありますが、結局、どういう時代でも、どういう世代でも、どういう環境でも、人間っていうのはこういうものなのだという人間の本質、人間を人間たらしめていることは変わらないように思います。どんな境遇になっても、どんな歳になっても、人間というのはこういうものだということで続いています。

弱い者であるとか、強い者であるとか、賢い者であるとか、愚かな者であるとか、そういう判断ではなく、人っていうのは、究極、こういうもの。偉くもなければ、ばかでもない。ただそういうもの。そう感じます。

どんな境遇になっても、
どんな歳になっても、
人間というのは
こういうもの。

なにかの導きがあって今の自分がいる

芥川龍之介の詩に、こんな一節があります。

沙羅のみづ枝に花さけば、かなしき人の目ぞ見ゆる

（「相聞」芥川龍之介）

沙羅双樹《さらそうじゅ》のみずみずしい枝に白い花が咲いて、自分が切なく慕う人の瞳《ひとみ》が浮かぶ、と恋心を歌っています。

沙羅双樹は、お釈迦《しゃか》さまが涅槃《ねはん》に入った木として知られ、仏教徒が尊んでいます。

日本の文学でも、沙羅双樹は枕詞《まくらことば》に使われ、昔から詩歌の材料にされてきまし

た。沙羅双樹のように由緒ある言葉は、文学の世界でも親しまれます。

大昔の歌を詠んで、大昔の人は沙羅双樹を愛していた、と昔の人が懐かしみました。そしてそのことを、のちの人にも伝えたいと思い、歌い継ぎます。のちの人はまたそれを、のちの人へと歌い継ぎます。詩歌一つとっても、歴史の繋がりを長く続けていこうとする日本人の国民性が感じられます。

人は、突然、そこに立ったのではなく、前に生きていた人など、なにかの導きがあって、自然と、そこに自分がいることを感じています。

過去、現在、未来のなかの一時《いっとき》の自分。

永遠のなかの自分。

大勢のなかの自分。

それは、人が供養や法事を続けていることからもわかります。

人は、順々にこの世を去っていきます。この世にいたときは、こういう人だったと、あとの人になにかを残します。それは思い出や品物もあるでしょう。いろんなことを残し伝え、それを今生きている人が供養を続けることで、一筋に繋げて歴史をつくっています。

映画にたとえたら、その人の一生は一つの場面に関わっていて、それを少しあとの人があのときこういう話をした、あそこへ一緒に行ったなどと思い出し、少しあとの人の場面は、そのまたあとの人が思い出す。

人の歴史は途切れることがなく、ずっと大昔から、人は永遠に続く映画の一コマを順々にバトンタッチしています。

人は順々にこの世を去り、
永遠に続く人の歴史を
バトンタッチしている。

第二章
幸福な一生になりえる

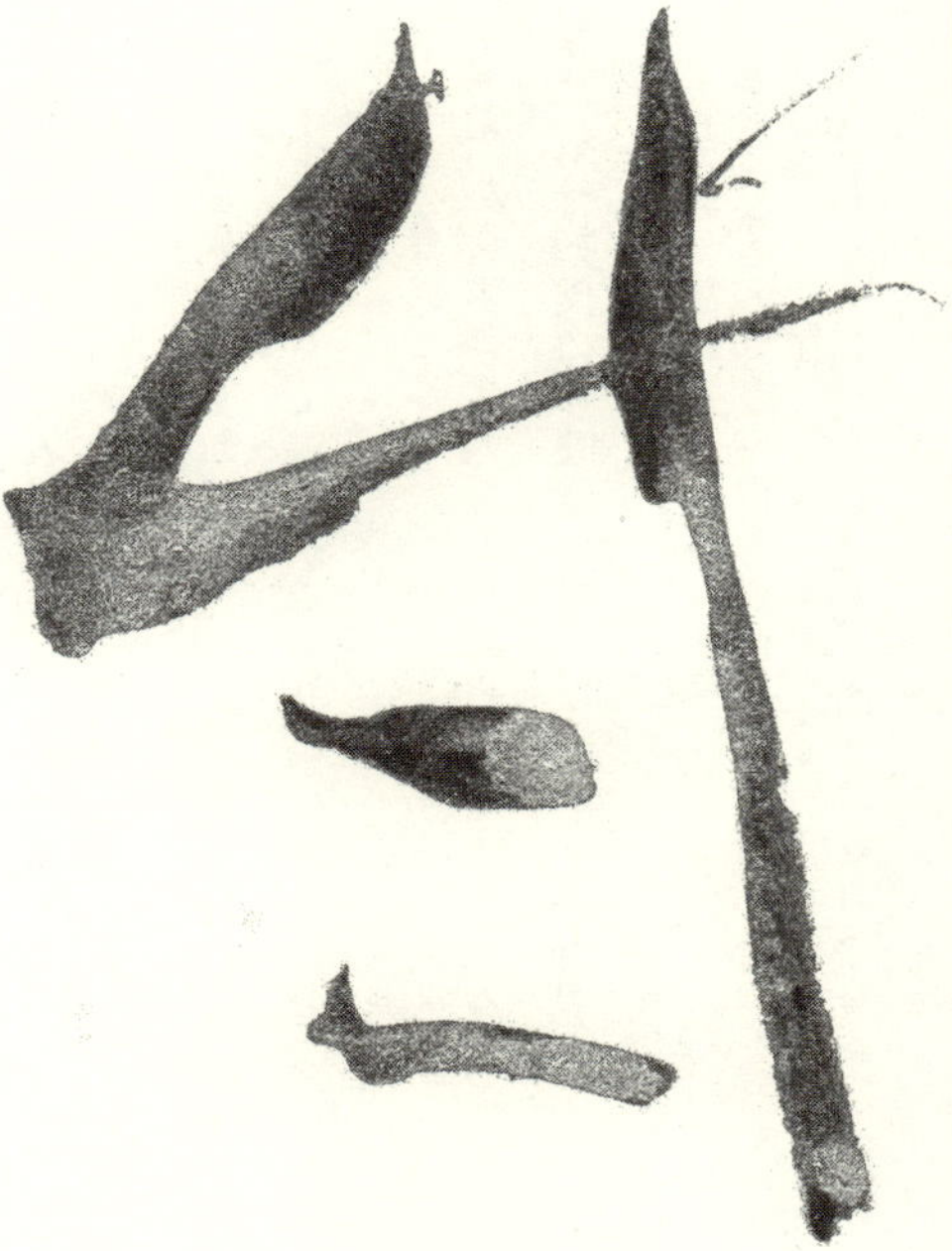

生きていく力は授かっている

もしこの世の中が幸福で、悩みなどなかったら、どんな世の中になっていたでしょう。おそらく芸術、文学、音楽のたぐいはなかったでしょう。

人は生きていて、苦しい、悲しいから、芸術が生まれました。不幸がなければ芸術は必要ありません。どこかで人は、不幸を感じているから、芸術に心を寄せるのです。

小説を読んで、困難を乗り越える主人公から生きる力をもらったり、落ち込んで悲しい心を音楽で癒《い》やそうとしたり。気分転換に、映画や舞台を観て別の世界に逃避したり。

人はみな、不幸な思いをしたことがあり、その都度《つど》、自分で自分を勇気づけ、生かしていこうと生きています。私ほど幸福な人はいないと思いながら、生きている人はいるのでしょうか。

自分は器量も頭脳も普通で、取り柄《え》がない。生きていてこの世に役に立ってい るわけではないから、生きるのをやめましょう、という人だっていません。人は 生きる術《すべ》を見つけ出す力を持った動物で、生きていく力を授かっています。

本人が自覚しないまでも、どこかで自分を肯定しているものがあるから、生き ていかれるのだろうと思います。私はこういうことが、ほかの人よりうまくでき る。あの人もなんとかして生きているのだから、私もなるべく生きてみよう。私 がいないと、あの人が困るだろうから。いろいろと、心の落ち着き先をつくって 生きています。

手放しで自分を肯定して礼賛《らいさん》している人は、まずいないと思います。

自分を不幸だと思う人は、もう少し裕福だったらよかった、もう少し丈夫だっ たらよかった、と自分で不幸の種を蒔《ま》いていることがあります。持っているもの は当然のこととして感謝もせず、ないものを欲しがります。

幸せになりえる人は、ないものねだりをしないのだと思います。

どこか達観していて、裕福ではないけれど家族には恵まれている、体は丈夫ではないけれど頭はなんとか使える、と肯定するものを見つけ出して、自らをこの程度だと思うことができるのだと思います。

人は生きる術を
見つけ出す力を持っている。
自分を肯定して、
幸せを得る。

自分で人生を工夫する

よほど私が幸せな晩年を過ごしているように見えるのでしょうか。長生きの秘訣と合わせて、もっともよく尋ねられる質問が、幸せな晩年の過ごしかたです。その都度、私は意地悪く思われてもいいので、「幸せな晩年の過ごしかたは、人から教えてもらおうと思ってはいけません。自分で見つけなくてはなりません」と答えています。

そしてさらに、

「なんでも教えてもらえばいいと思うのは悪い癖です」

と言っています。

まだ教えてもらったことがないから、まだ習ったことがないから、と言い逃れをする人がいます。なんでも自分でつかまえていくものです。誰かに与えてもらえると思うのは横着です。当たり前だと思ってはダメです。手取り足取り、教えられたようにやっていればいい、人から教えてもらったことだけをただ守っていればいいなんて。自分で考えて、自分で取り入れて、自分で人生を工夫する。考える力を放棄してしまってはいけません。

そして、人に相談することは、人を頼りにすることではありません。相談してその人の話を聞いて、なお自分で考える。人の話に従うのは相談ではなく、その人の言いなりです。自分というものを、まずしっかり持ってから相談します。

人の生きかたとして「独立自尊」を提言したのは福沢諭吉でした。

西洋の文明が押し寄せてきた幕末に、日本古来の教え、中国の漢学など、さまざまなものが入り乱れました。押し流されてしまってはダメ。一人ひとりが自立しなくてはならない。学問に励み、学びを自分のものにする。自分がなにを以《もっ》て立つかを考えなさいと教えました。いつの時代も同じです。

人から教えて
もらうのではなく、
自分で見つける。

多くを持たないことの幸せ

私の亡くなった知人は、愚痴の多い人でした。

立派な別荘を持っていても、ぜんぜん行くことができないと言っていました。生前、やりたいことは、一通《ひととお》りなんでもやっていましたが、満足した様子は見せませんでした。たいへんな大金持ちでしたので、私はお金がありすぎても、苦労するだけなのだなと、彼女を見ていて思いました。

知人を紹介してくれたかたは、「あなたより一回り若い人だけど、なにかと話し相手になってください。ただ、彼女にはないものがないから困ります」と言いました。「綺麗だし、頭がいいし、お金もある。ないものがない」。

誰もが羨《うらや》む恵まれた境遇にありましたが、すべての面において彼女は際立ちすぎて、かえって不幸だったように思います。

まず、人は彼女を大金持ちとして見ました。彼女には、さぞかし鬱陶《うっとう》しかったことでしょう。しかしだからといって、そのお金を捨てるわけにはいきません。親から引き継いだ莫大な財産は、次の世代に繋げるために守ったはずです。

そして、綺麗で高い美意識を持っていましたから、彼女に惹《ひ》かれた人は多かったと思います。だけど、財産目当てだとは思われたくないから、誰もあまり近寄れません。純粋に彼女の素晴らしい面に惚れて、お付き合いしたいと思っても、下心があると思われてしまいます。

さらに、頭がいいときていますから、たいがいの人はひるんでしまいます。彼女自身、ほんとうは自分の財産目当てかもしれないと、疑心暗鬼になったでしょう。ある種、孤独だったと思います。

自分の置かれていた境遇を、彼女がどのように受け止めていたか、今となっては本心を知るよしもありませんが、愚痴が多かったことから、さまざまな苦しみの種を抱えていたのだろうと察します。

そこへいくと、私なんてないものだらけです。お金目当てで私に寄ってくる人はいませんし、人から羨まれるような頭脳や美貌《びぼう》の持ち主でもありません。

なにもありませんが、絵を描くという頼れるものが一つあって、それで生きています。この一つが私にはちょうどよく、ほどほどの人生が送れているのだと思います。自然のなかでそよ風に吹かれるだけで、なんて私は恵まれているのだろうと感じることのできる幸せがあります。

あとになって知ったのですが、彼女がこの世を去ったのは、私が大きな池一面に咲いている蓮《はす》の花を眺めているときでした。奇《く》しくも、極楽浄土に咲くと言われている花のたもとに私は立っていました。

そよ風に吹かれるだけで、
なんて恵まれているのだろうと
感じることのできる幸せ。

あなたの運命を受け入れる

私は、好んで、横紙《よこがみ》破りの大島紬を着ています。大島紬というのは、一日に一寸ぐらい（約三センチ）しか織れない細かい柄が値打ちものとされています。しかしたまには、伝統を横から破って、自分勝手に織る職人もいるようです。偶然、それを見つけたとき、大島紬の職人のなかにも、そうした横紙破りをする人がいるのだと気に入り、その場で買い求めました。

古いものに敬意を表して、継いで守っていくことも大切だと思います。だけど私自身がそういう性格ではありません。別のことをしたい。子どものときから、学校の先生や親の言うことを、ただ守っていることがなんとなく退屈で、自分流でやっていきたいと思っていました。

横紙破りをするのは、その人の性格です。私などは、生活のなかでちょいちょい顔を出していたことを思い出します。母が、あなたは勝手なことばかり言って困ったねえ、と言っていました。

お正月のときに、母が着せてくれるきものを、私は普通のお嬢さんらしくしたくない。ちょっとこういうふうに着たいと言うと、生意気言って困るね、と言われました。父にもよく食ってかかっていましたし、きょうだいのなかで私は困った存在でした。自分の視点で勝手なことを言う。戦前の学校教育でも、私は問題児でした。

勝手な言動は老いても変わっていない、と私の親戚などは言っているようで、私も、死ぬまでこのままだろうと思います。これまで何度となく繰り返し書いてきましたが、つくづく、人の「運命は性格の中にある」と言った芥川龍之介は凄《すご》いの一言です。

ふと、もし私がこの性格でなかったらと考えます。もっと、幸福な人生を送っていたかもしれません。あるいはもっと、つまらない人生だったかもしれません。

どちらともわかりません。

ただこれが運命。運命の前に人は無力で、運命のなかで人は生きています。取り返しがつくことでも、泣いたりわめいたりして、どうにかなるものでもありません。そして、人は、それぞれの運命のなかで、苦しみや悲しみを抱えています。

一見、幸福そうに見える人でも、解決しようのない悩みを持っているのではないでしょうか。だから、人を羨ましがるとか、妬《ねた》むとか、そういった感情を抱くのは愚かなことだと思います。みんな、自分の運命のなかで、寂しい、悲しい思いをしていると思います。

人を羨ましがるとか、妬むとか、
そういった感情を抱くのは愚か。
みんな、寂しい、
悲しい思いをしている。

今日は出会えるかな？

幸福感という言葉があります。

今日はご飯が美味《おい》しくて、幸福感を覚えた。さっき花をもらって、幸福感を得た。感ですから、感覚のなかの一つの瞬間の状態です。

しかし、同じ状態は必ずしも再現できるわけではありません。明日、同じご飯を食べても美味しく感じないかもしれません。違う人から同じ花をもらったら、鬱陶しいと感じるかもしれません。そのときに、そのご飯を食べたから、幸福感を覚えた。そのご飯を食べたくなかった人だったら、ちっとも幸福ではありません。あるいは、たまたま美味しい料理屋に連れて行ってもらった。でもその一時間前に間食をしていたら、いくら美味しいと評判の料理でも、幸福感は半減します。

幸福感は出会いです。

たとえば、美味しい料理屋で食事をすれば幸福、という一般論も成り立つかもしれませんが、時《とき》と場合によって、幸福ではないことだってあります。当日になって胃の調子が悪くなった。昨日どうしてもやらなければならないことがあって、徹夜して根を詰めてしまったからあまり食欲がない。せっかく美味しい料理に出会っても、あまり味わえず、運が悪いということも起きます。

幸福感は、あるところにあって、そこへ行けば得られる、というものではありません。こちらがいくらその気になって食べに行っても、あるいは、あるものが欲しくて買いに行っても、売り切れてなくなっている場合だってあります。

行けばたいてい用意されているものではなく、もしかしたら今日は出会えるかな？　というぐらい、ありがたい瞬間です。

もしかしたら出会える
ありがたい瞬間が幸福感。

幸福はあなたの自覚しだい

女学生時代に、ロシアの文豪トルストイの小説を読んで、衝撃を受けた言葉があります。

「幸福な家庭はどれも似たものだが、不幸な家庭はいずれもそれぞれに不幸なものである」

『アンナ・カレーニナ』の書き出しです。

幸福と不幸を、これだけ端的に鋭く切り取ったのですから、トルストイという人は、凄い作家だと思いました。

まさしくトルストイの言うとおりで、幸福な家庭は、ほんとうにどこも似たりよったりです。衣食住が満たされている、体が丈夫である、家族円満である、ある程度のお金もある、というように普遍的です。でも、不幸な家庭は、それぞれに不幸です。お金がなくて不自由、家族げんかが絶えない、運が悪い、家族に病人がいる。病気にしても、ありとあらゆる種類の病があります。不幸の種類は数えだしたら、キリがありません。

しかし、幸福と不幸は一種の抽象概念で、実質的に存在しているものではありません。感覚として、その人の思う心のなかに存在するものです。非常に主観的なもので、これが幸福、これが不幸、という定義すらありません。

いくらあの人は幸福だと言っても、本人が幸福だと思っていなければ、幸福は存在しないからです。体が丈夫であることを幸福だと、その人が感じていなければ幸福ではありません。お金持ちが自分はお金を持っていて、幸福だと思っていなければ、それまでです。美人に生まれなかったから、私は生まれながらにして不幸だと思っている人もいるかもしれません。はたから見て幸福だと思う人が、本人は幸福だと思わずに一生が終わることだってあります。

もちろん、客観的にも主観的にも、誰が見てもあの人は幸福だ、という状態はあります。たとえば、なにかの公式試合に優勝したとき、勝者は幸福を味わっていて、その様子を見ている観客も、勝者が幸せであることはわかります。でもそれも短い時間で、一生その人の幸福が続くということはありえません。

幸福は、結局のところ、その人の心しだいです。

その人がどう自覚するかで、幸福な一生をつくります。

まあまあ幸せなほうだと思える、まあこの程度で幸せだと思える。

そういう心を持つことのできる人は幸福だと思います。

これが幸福という定義はない。
あなたがどう自覚するかで
幸福な一生になる。

風はみんなに同じように吹いている

私の手元には、父から譲り受けた明治時代の『禅林句集』があります。ここには、中国の古い詩や言葉を引用した禅の教えが集められています。

父が私の雅号、「桃紅」をとった春の情景を歌った詩もあります。

「桃紅李白薔薇紫　問起春風總不知」

これは、桃の花は紅い、李《すもも》の花は白い、薔薇《ばら》の花は紫。春の風はひと色に吹くのに、花は、みんなそれぞれに色が違って咲くという意味です。

春の風は一様に吹いていています。風は、この土地には紅い花が咲くように、あの土地には白い花が咲くように、と吹き分けているわけではありません。紅い花にはいい風を吹かせ、白い花には悪い風を吹かせているわけでもありません。

風は、みんなに同じように吹いているけれども、紅い花は紅く、白い花は白く、それぞれの色に咲いています。

禅の教えは、これは花に限ったことではなく、私たち人も同じだと説きます。同じ地球の上に暮らしていても、みんな一人ひとり違います。それぞれの家族が連綿と続いており、それぞれの家族に人は生まれます。紅い花だったり、白い花だったり。さまざまな色に生まれるけれど、天地はどの色に対しても同じように、公平にまわっています。

しかし、なかには紫色には生まれたくなかったという人もいるでしょう。あるいは黄色でよかったと思う人もいるでしょう。才能、性格、容姿など持って生まれたものを情けないと思ったり、ありがたいと思ったり、さまざまです。でも、容姿端麗に生まれなくて損をした、頭脳が明晰《めいせき》でなくて残念だなどと不平を言って、ないものねだりをしたところでしようがありません。

禅は、もうしようがない、こういう私で生まれたのだから、天地の計らいだと思って、そっくり受け止めていこうとする姿勢を教えています。

要は、最初からあきらめろ、ということです。

曹洞宗のお経『修証義《しゅしょうぎ》』の冒頭にも「生《しょう》を明《あき》らめ、死を明らむる」と書いています。

「生まれたことをあきらめ、死ぬことをあきらめる」

禅宗の教義の根本です。

あきらめる、というのはやめることではなく、理解して悟るという意味です。頭脳明晰に生まれたかったなどと思ったところでしようがありません。生をあきらめます。死にたくないといくら願ったところで、いずれ死ぬと決まっていますから、死をあきらめます。

生と死の二つをあきらめてしまえば、おのずと不平もなくなり、平和な心を得られるということです。

生と死をあきらめれば、
不平はなくなり、
平和な心を得る。

過去は確かで幸せなもの

昔のことを思い出すのがとても楽しみになりました。悲しいことも思い出しませうんざりしたというようなことは思い出しません。あったことは憶《おぼ》えていますが、悲しみが癒えているのでしょう。

嫌な思いをしたこともあるはずですが、忘れてしまっています。

思い出は、楽しかったことでも、悲しかったことでも、こうして残っていることと自体が非常にありがたいことだと思います。

人生の終わりに過ごす時間は、ふっとしたことが思い出を回帰させます。あのときはこういうことで楽しかった、あのとき友人はこんなことをしていた。

最後に、思い出がいろいろあることは幸福なことだと感じます。そして、人は時間というものを使って生きていることを、あらためて認識します。

先日、台所で鉄瓶《てつびん》を火にかけ、湯気が立っているのを見て、ふっと新潟の雪深い町での時間を思い出しました。私の展覧会が行われ、朝、ある家に招かれました。何十年も前のことです。

宿泊していたホテルに迎えに来てくれ、その家に到着すると、部屋には薪《まき》ストーブがあり、炎が赤く燃え上がっていました。そして薪ストーブの前では、湯気を立ててお湯が沸いていました。まずお茶を一杯出してくれました。そこへ、あらかじめ頼んであったのでしょう。焼きたてのパンが届けられました。さまざまな種類の小さなパンからはとても美味しそうな匂いがして、私は、それをいれてくださった熱い紅茶と一緒にいただきました。

私は、朝食に招いてくださったその人は、非常に洒落《しゃれ》たかただと思いました。雪深い町のなかで、薪ストーブと、焼きたてのパンと熱い紅茶。取り立ててどうということはないように思えますが、私には印象深く残り、今も、その余韻に浸れる思い出となりました。

招いてくれた人のように、お金をかけなくても、工夫して、楽しく印象深い時間を演出することのできる人がいます。一方で、いくらお金があっても、なんの面白みもない、とおりいっぺんのことしかできない人もいます。その人の器量、置かれた立場をどのように生かしうるか、だと思います。

生かしかたが上手な人と、宝の持ち腐れのような人。さらに宝というほどなにもないのに、置かれた境遇を宝に変えてしまうような人。

生かしかた一つで、人生の色彩はがらりと変わります。

普段から、時間というものがいい思い出になるように工夫する。それは余韻となって、人生の終わりの時間までも豊かにしてくれます。

いい思い出に
なるように工夫する。
そうすれば、
人生の終わりまでも
豊かにしてくれる。

第三章

やれるだけのことはやる

生き延びる

「二河白道《にがびゃくどう》」を主題に絵を描くことがあります。

ちょっと踏み外《はず》せば氷の河に落ちる。ちょっと踏み外せば火の河に落ちる。そのあいだに白い細い一筋の道がある。それを見つけて生きていくのが人生だという意味です。それくらい生きるということは難しいという教えなのでしょう。

別の言いかたをすれば、心のまま自由奔放に生きていれば火に落ちる。冷静に判断して必ず大丈夫とやっていれば氷の河を歩くようなもの。どちらの河にも人は落ちやすい。

これまでの自分を振り返ると、火のほうに片足を突っ込んだことがあるような気もしますし、氷のほうにもずいぶんと浸《つ》かりそうになったなと思うこともあります。どっちにも落っこちるほど愚かでもなかったけれど、ちゃんと探り当てた道を歩いているというほど立派ではありませんでした。

よろよろとやっています。

この言葉を教えてくださったのは、戦前、短歌を見ていただいていた歌人の中原綾子先生でした。与謝野晶子の高弟で、夫と別れて一人小さな家に住むことを決めたとき、ご自分の苦しい立場を「二河白道」とおっしゃいました。綾子先生の離婚は、当時の新聞に「中原綾子女史、人形の家を出づ《い》」という見出しで大きく報じられ、テレビはまだありませんでしたから、ラジオで「決して自分が正しいことをしているわけではありませんが、形だけの家を保つことは私の心が耐えられないので家を出ることにしました」と話していました。

そして「私のしたことは、社会のモラルに受け入れられないことは承知していますので、私からお離れになるかたは、そのようにされてください。決して恨みに思いません。今までどおりお付き合いくださる向きは、どうぞお付き合いくださいい」と締めくくっていました。

子どもは、夫の実家が手放しませんから残して、ほんとうに好きになった男性と一緒になりました。親同士が決めた結婚はしたものの、家庭を壊した。世間は大騒ぎでした。

私にも、綾子先生から挨拶状が届きました。

「このような立場にいる私を先生とされていて、さぞ迷惑なことでしょう。どうぞ自由に私のもとを離れてください」と書かれていました。私の父などは封建主義のかたまりでしたから、てっきり出入りを禁ずるだろうと恐れていたところ、父はラジオを聞いて、むしろ心打たれた様子でした。意外なことに、「立派なものだ」とつぶやいていました。

「二河白道」は、いつの時代にも、どの人にも絶えずつきまとうことでしょう。

この言葉を生み出した人は、よほど知恵が深い人です。どうしたら人は生き延びることができるか、とことん考え抜いたのでしょう。どっちにも付いてしまってはダメと教えています。でもそう言うと、どっちつかずで、それはなんだか悪いことのように言う人もいます。

要は偏らずに、一筋の道を見つけなさい、ということです。

どっちにも偏らずに、
そのあいだの
一筋の道を見つける。

期待して生きている

朝起きるとき、人はなにかを期待しています。でなければ起きる気にもなれません。しかし、期待どおりに世のなかが動くわけではありませんし、自分にも動かす力はありません。半分は運まかせで、運がよければなにかに出会わせてもらえるかもしれないと思うから、朝起きているのではないでしょうか。

人によっては、いいことには絶対というくらい出会えないと思っている人もいるようです。そういう人は、あまり生きていることに期待していません。ただ生きているままに生きているだけです。歳をとると、だんだんとそうなってしまうのだろうと思います。期待は、外れることのほうが多いから、期待しなくなります。

しかし、若いうちはなにかいいことがあるかもしれないと思っています。どこかで出会えるかもしれないと。はっきりと期待しているわけではないけれど、心のどこかでなんとなく思っています。

私も若い頃を思い出しますと、友人の家へ遊びに訪ねたり、友人とどこかで待ち合わせして出かけたり、いろんなことをしましたが、なにかに出会えると期待していたと思います。退屈まぎれに、ただ出かけていたわけではありません。だけど、大半は別段どうということはなく終わります。でもそれは、大きな落胆ではありません。なにかいいことに出会えるかもしれない、となんとなく期待していますが、絶対にいいことが起きるとも思っていません。ですから、失望もしないし、絶望的にもなりません。そして次の日になれば、性懲《しょうこ》りもなく、また誰かと会ったり、出かけたりしています。

人の生《せい》は、なんということもないことに期待を抱いています。それを日々、失望するために生きている、と言った人もいます。心のどこかでなにかを期待していますから、生きているあいだに、どんどん絶望してしまうのです。

世のなかはそう思うようにならないことは知っていますが、それでも、いいことが起きないかと期待しています。だから私たちは生きています。でなければ生きていられません。はっきりとこの世はこんなものだ、とわかってしまったら、生きていられなくなってしまいます。

わからない部分があるから、最後まで、どこかで期待して生きていられるのだと思います。

どうなるかわからないから、
最後まで生きていられる。

生まれたときの自分に信を置く

生きていれば、突然、なにが起こるかわかりません。なにかが起きると、人は救いを求めます。すると知恵というものが、思いもかけず降りてくることがあります。それを詩人の三好達治は、信じなさい、と言いました。

ああ智慧《ちえ》は　かかる静かな冬の日に
それはふと思ひがけない時に来る
（中略）
前触れもなくそれが汝《なんじ》の前に来て
かかる時　ささやく言葉に信《しん》をおけ

「静かな眼　平和な心　その外に何の宝が世にあらう」

（「冬の日」より）

三好さんは、静かな眼差《まなざ》し、平和な心こそがこの世の宝だと言っています。

そんな思いに、韓国の慶州にある仏国寺を訪ねたとき、ふっとぶつかったと彼は話していました。生まれたときの自分というものに、信を置いて迷ってはならない。真実の生きかたは、思いがけないときにくるから、それを信じて生きなさい、という意味です。

私にとっての真実の生きかたは、今の自分の自然体に信を置くことです。やりたくないことはなるべくやらない。自分がやってもいいと思うことをやる。自分の自然体に耳を澄ましています。

でも真実は、目に見えるものではなく、心が感じるものです。だから、常に感覚は研ぎ澄ましておく必要はあります。どんなに小さなことでも、見逃さずに感じ取る。そうしていれば、おのずと、自分にとっての真実の生きかたが見えてくるだろうと思います。

真実の生きかたは、
自分に信を置いたら、
それを信じて生きる。

自分はなにをしたいのか考えるべき

少女時代に出会った言葉に、「ことごとく書を信ずれば、すなわち書なきにしかず」があります。中国の儒学者、孟子《もうし》の有名な言葉で、書物を読んでまるまる信じるのであれば、なにも読まないほうがいい、という意味です。

たとえば、人の自叙伝を読んだとします。この人は、こういう考えでなんとなくよさそうな人生を送ってきたようだから、私も同じようにやってみようと思いつく。そんなことだったら、初めから読まないほうがいいということです。

自分の考えかたを深めるために、本を読むのであればいいのですが、影響を受けて、自分も真似ようとするのは横着。それについて自分はどう考えるか、自分だったらどうするかを考えることが重要だということです。

表面をなぞるなんていうのは論外で、その本の真意に踏み込んで、批評も含めた自主的な考えを持たなくてはなりません。そうでなければ、本の中身を知る前の白紙の状態から始めたほうが、よっぽどマシです。

生きかたも同じです。たとえば、篠田桃紅という人は、やたらと長生きしているヘンな人で、自分のわがままで、やりたいように生きている。よし、私もわがままにやろう、と考えたとしたら、それはただの真似です。

私の真似などしたところで、ろくなことはありませんが、そもそも私がどうであろうと、その人は、これまでなにも間違えたことをしてきたわけではないはずです。わがままはあくまでも私の性格で、人の性格は一人ひとり違います。私の亜流のような生きかたをしたところで、その人にはなんの意味もありません。ほかの誰でもない、自分はなにをしたいのかを考えるべきなのです。

日本の社会は、なにかが大ヒットしたら、その真似が雨後《うご》の筍《たけのこ》のごとく出てきます。自分の大切な生きかたでさえ、人の真似をしているほうが安心ということはないと思います。

自分の生きかたを、他人の考えで間に合わせてしまうのは愚かです。

私は、人がやったということだけで、やる気を失《な》くしてしまいます。人がやっていたらもうやりません。

あくまで手探りで求めて生きているけれど、その過程で、本を読むなどしてほかの考えかたにも触れてみる。そのことで自分の考えがさらに深まったり、高められたり、あるいは変わったりと、紆余曲折《うよきよくせつ》して進むのが、その人の自主的な人生だと思います。

影響を受けて、
ただ真似るのは横着な人生。
自分はどう考えるのか、
手探りで求める。

最後まで自分の足で歩く

今、私はよろよろと歩いています。

誰かについてもらわないと、一人で外出はできませんし、杖を手にして自分の体を支えています。

弘法大師は、同行二人《どうぎょうににん》という教えを人々に伝えました。彼にとっての、同行二人はお釈迦さまだったのでしょうか。巡礼者は、弘法大師の化身とされる金剛杖を持って、四国四十八か所の霊場巡りをしています。

私の知人で、四十八か所をまわった人がいます。金剛杖を頼りに歩くと安心するのでしょう。仏さまはいつもついてくれている、不変に存在していると信じていました。

ほんとうに、仏さまがそばにいるかどうかは誰にもわかりません。なにも証拠がありません。同行してくれていると信じたいときは信じて、とても信じられないという気分になれば、人はやはり孤独なのだと感じ、耐えなければと思うのでしょう。

しかし金剛杖を持っていることで、最後は、やはり仏さまはついていてくださっていると究極の安心を得るのでしょう。今はとても苦しいけれど、どこかで見ていてくださっているから大丈夫だと思うことができて、心は絶望から救われます。

人はみな孤独で、一人でこの世を渡ることはできないとわかっています。現実に、すべてを頼れる人がいるかというとそれもありません。家族や友人など、みんなそれぞれが孤独です。だから、ときには寂しさから逃れるために、目に見えない仏さまが見守ってくれている、ともに一緒に歩いてくれていると思わざるをえないのでしょう。なぜなら、ほんとうの孤独を、人は生きられないからです。

人はなにかに頼ります。人と人との関係も、すべてを頼りにすることはできないとわかっていても、頼りにします。また自分も人の頼りになるほどしっかりしたものではないとわかっていても、頼りにされることがあります。

しかし、頼りにするほうも、頼りにされるほうも、その人がしっかりする分にはいいのですが、頼る人と頼られる人、になってはいけないと思います。人はやはり究極孤独です。手にする杖は、最後まで自分で歩くことを教えてくれていると思います。

頼る人にならない。
頼られる人にもならない。

この世に縁のない人はいる

いくら自分の考えを伝えても、理解してくれない人は必ずいます。

お釈迦さまも、どんなに仏法を説いても、最後はわかってくれない人がいるので、そういう人を「縁なき衆生《しゅじょう》」と言っています。全部が全部、自分の教えを信じてくれるなんて、そんな傲慢《ごうまん》なことはおっしゃらない。縁なき衆生はこの世にあると、初めからその存在を認めておられるのです。

そして「縁なき衆生は度《ど》し難《がた》し」と言って、縁なき衆生はどうすることもできないと達観しています。お釈迦さまは目覚めた人ですから、わかっておられたのです。

お釈迦さまにですら、「縁なき衆生」があるのですから、我々しもじもにとって世は縁なき衆生だらけです。少しでも縁のある人がいたら感謝です。

私の展覧会では、大抵の人はすーっと通って帰ります。私の絵を見ても、なに一つ心が弾むでも沈むでもなく、無関心な人は山ほどいます。縁なき衆生だらけで、熱心に見てくださる人はごく僅《わず》かです。

でもそれでいいのです。

人は、一生懸命にやったのに、誰も見向いてくれないと、みんなそれぞれが思っています。一生懸命にいい出来にしたのに、そのよさをわかってくれない。一生懸命につくったのに、ちっとも売れない。一生懸命に仕事をしたのに、評価されない。一生懸命やったのに、と思っている人のほうがずっと多いことでしょう。

お釈迦さまですら、縁なき衆生はどうすることもできない、とお手上げ状態なのですから、私たちがどうすることもできないのは当然のことです。

実に、私たちを救ってくれている言葉です。

この世には縁なき衆生があるのだから、いちいち嘆いたり悲しんだりしてはダメですよ、ということです。

どうしてあの人は理解してくれないのだろうと思い悩む前に、「縁なき衆生は度し難し」と思えば、心はずいぶんと救われます。

あなたを理解してくれない人はいる。
あのお釈迦さまだって
教えをわかってくれない人が
いると達観している。

そのへんでやめておく

人は、自らを破滅するものをつくっているのですから、頭がいいのだか悪いのだかよくわかりません。

人が主でなければならないのに、核兵器が主になり、人はそれに従属して振り回されています。医療もそうです。治療薬をつくったのに、健康にならずに、薬の中毒になる人がいます。飲みすぎて亡くなる人もいます。

今の人は矛盾にぶつかっています。

おごり高ぶって、自分たちを滅《めっ》しています。

昔は、なにごとも八分目までで抑えて、十分目まではやってはいけないと教えられました。腹八分に医者いらず、という言葉もあります。十分目までやるのは浅い知恵で、ほどほどにして、ちゃんと残しておきなさい、と言いました。

徹底的にやるのは西洋の考えかたで、東洋にはありませんでした。東洋は、元来、ほどほどに、いい加減に、と曖昧《あいまい》にしておく考えかたです。徹底的という考えかたに価値を見出していません。

そもそも、ちょっと残しておくことのほうが難しいのです。つい徹底的にやってしまい、手前で抑える制御が利かなくなるからです。

それに、どこか隙間を残しておかないと、完全無欠なものには息苦しくて人は対応していられません。誰でもちょっと入り込める隙を残してくれている、それが玄人《くろうと》のやることだと、中国の老子は言っています。

「中庸は徳の至れるものなり」という言葉も同じです。徳というものは、徹底的にやった先にあるのではなく、ほどほどの境地にあるという意味です。

人は、徹底的にやる人には、とてもついていけません。物事に完璧な人がいたら、とても付き合えないです。どこか隙があるから、人は付き合えます。こちらが話しかけうる隙間を残しているから、人と人のあいだを生み出しています。

この教えを知り、私も、絵は少し描き足りないところを残してやめています。それが私のテクニックの極致で、隅々まで描いてしまってはダメです。完璧にやり尽くした絵を見ると、人は拒絶されたと感じてしまいます。絵を見るというのは、絵と対話するということ。完璧だったら対話ができません。

そもそも私たちが完璧ではありません。どんなに偉い人も、どこか隙を見せないと、ちょっと近づけないと思われてしまったら、おしまいです。

完璧なものはそこで終わってしまいます。次になにかが生まれる可能性を閉じてしまいます。次への糸口、人の縁も広がりません。完璧なものを見ると、人は虚《むな》しくなって、参加ができなくなるのです。

昔、人工知能ロボットをつくっている人に、生きている人間より完璧になったらどうするの？　と聞いたことがあります。やっぱりどこか足りないところをつくっておかなければだめです、とおっしゃいました。完璧なものは、つくろうと思えばできるけど、そしたらそこで終わりです、と。それはそうですよね。

徹底的にはやらない。
どこか隙間を残して、
なにかが生まれる可能性、
次への糸口をつくる。

命を粗末にしない

人は、なにで命を縮めるかというと、その人の愛するものに殉ずるように思います。私の兄にしても、結核で若くしてこの世を去りましたが、兄は、おしゃれを愛し、それが理由で亡くなったと思います。

戦前は、今のような暖房器具などありませんでしたから、どこの家庭も火鉢ぐらいで、冬は木造家屋の室内で寒く過ごしていました。

ある夕方、兄はよその家に遊びに行くと言って出かけようとしていました。その姿を見た父が、風邪をひくから、きものの長襦袢《ながじゅばん》の下に長シャツを着るようにと言いました。しかし、兄は、袖口から長シャツが見えるのは野暮だと言って、寒いのにそのまま出てしまいました。そしたら、その家で風邪をひき、結核に侵《おか》されてしまいました。

兄は、兄にとって大事だったおしゃれで命を縮めました。もし兄が野暮ったい人だったら、死ぬことはなかったと思います。

よく好きなことで死ぬのは本望、それで死ぬならしようがないと言いますが、人は、愛するものにはまると、つい無理をしてしまいます。

お酒が好きな人は、もうそれくらいにしておきなさい、といくら人から注意されても、どうしても飲んでしまいます。そのうち、お酒で体をこわしてしまいます。仕事が好きで、そんなに夜遅くまでしないほうがいいと忠告しても、徹夜してでも、やりたい人はやります。無理がたたって、いつか倒れてしまいます。

いくら愛するものといえども、そんなことのために死ぬのか、ということです。

愛するものが、人であった場合はどうでしょうか。

自分のすべてを打ち込める相手は、この世にほんとうにいるでしょうか。相手も、同じ人です。

私たちは、人を愛するとき、ついその人に仮想、仮の想像を委託してしまいます。ありえないと頭のどこかで知っているけれど、その人に自分の夢みたいなものを描こうとします。しかしそれも、いつか冷めます。そもそも仮想は、現実には存在しないものです。でも人は、一度、夢のようなものを見てみたい、夢を現実化して見てみたい、と思ってしまいます。

石川啄木は、「我を愛する歌」にこんな歌を残しています。

「さばかりの事に死ぬるや」
「さばかりの事に生くるや」
止《よ》せ止せ問答

そんなことのために死ぬのか、そんなことのために生きるのか。生死をかけるほどのことはこの世にはない、と言っています。つまり、命を粗末にしないようにということでしょうか。

愛するものにはまって、
つい無理をするが、
生死をかけるほどのことは
この世にはない。

「玄」は人生の始めで終わり

墨の色は黒ではなく、「玄《げん》」だと言う人がいます。中国の老子です。

玄の意味は、人生と宇宙の根源だと、老子は説明しています。

つまり、玄はあらゆることの始めで終わりです。

天地《てんち》玄黄《げんこう》という言葉は、天と地から始まることを言います。

玄人という言葉は、玄の道を極めた人です。

墨が玄の色とされる所以《ゆえん》は、墨は何回塗り重ねても、絵の具などと違って、真っ黒にはならないからです。闇には決してならない。一点の明るさを残します。

そして、その一点は、人の手が為《な》す領域ではなく、天地自然、神、宇宙、人間のはかりしれない大きな手に委《ゆだ》ねています。

真の玄人は、なにもかもやり尽くそうとはしません。どこかに一点残して、あとは、天地自然、あらゆるものにチャンスを残します。完全な仕事に見えるけれど、完了にはしません。

墨をもって玄を表しうる、と老子は言いました。

玄人が墨をもってすれば、人生と宇宙の根源を表すことができるという意味です。黒と白のあいだには、無数の段階があります。何千種類という濃淡と色合いが墨にはあり、赤、黄、青、あらゆる色を含んでいます。つまり、墨をもって万物の一切を語りうることを示唆しています。

老子という人は、どこまで深い考えを持っていたのか、不思議です。そういう哲学に行き着いたというだけでも、凄いと思います。

今の人は、老子などの先人の哲学を、合理主義的な考えかたで割り切ろうとするかもしれません。しかし、天地万象を合理的に処しようとするのは思い上がり。もう少し、謙虚になったほうがいいように思います。

人はそれほど偉いものでもなんでもありません。真理を少しわかったつもりになっているのかもしれませんが、そんなことは不可能だと思っているぐらいが、ちょうどいいのではと思います。

「玄」は一点の
明るさを残している。
そこは天地自然などの
はかりしれない領域。

「玄」へ続く道

私の手元に、中国の古い墨が幾つかあります。

そのなかに、「玄之《げんの》又玄《またげん》」という銘の付いた墨があります。

「玄之又玄」を初めて手にしたとき、私は、この墨をつくった人は途方もない志を抱いた人だと思いました。

老子は、墨を玄の色と言いましたが、その玄のまた玄。つまり、人生と宇宙の根源のまた根源。想像を絶する深遠な境地への思いを込めているからです。

玄だけでもなかなか難しいのに、その先の玄を墨は望んでいる。

極みの境地をものにしようという心意で、墨をつくった。その心意で、あなたも墨を磨《す》りなさい、と言っているようなものです。

墨をつくった人は、初めから到達できないことはわかっているはずです。玄へ続く道は、やればやるほど難しく、玄のまた玄など、到底、誰にも及びがつきません。でも、人生はやってみるよりしようがないから、やるだけのことはどこまでもやる。そういう覚悟で、この銘を付けたのでしょう。

墨は、絵の具などとは違って、塗るためのものではなく、書くためにつくられています。一筆書くごとに一本の線ができます。そして、その一本の線の上にまた一本の線を書くことで、墨を重ねます。

絵の具などは、囲った縁のなかを塗りますので、墨とは画法が異なります。なかを塗るのは共同作業でもできますが、一本の線を書くのは、一人でしかできない作業です。

墨は、一人で一本の線を書き、乾かしてからまた一本の線を書く。一人が線を重ねることで、作品は仕上がります。それはまるで一人の人生が積み重ねられていく行為にも通じていて、人はその人の一日を生きて、また次の一日を生きています。

そうした真理を見抜いて、老子は、人生の哲学を墨に託して語ったのではないかと感じています。

人生はやってみる
価値がある。
やるだけのことは
どこまでも。

第四章

心の持ちかたを見直す

自分で自分がわからない

人の命や未来は、いつどうなるかわかりません。

ましてやこの歳まで生きたので、私など当てになりません。

「行きましょう」「やりましょう」と言ったところで、実際に行けるかどうか、やれるかどうかわかりません。ですから、私は曖昧にして、気楽な気分で「行けたら行きます」「やれたらやります」という立場にしています。

約束など破りたくありませんし、約束どおりにできる自信がありません。「それくらい頼りのない相手を、相手にしていると思ってください」と言っています。それでもよければ、お付き合いくだされぱいいのです。

そもそも、自分で自分がわからないのです。

私は、どういう目的意識でこういう生きかたをしてきたのだろう、と思うことがあります。一人で自由にやりたいという目的があって、こういう生きかたをしてきたというわけでもありません。自然のなりゆきです。なりゆきにまかせているので、自分の未来がわからない。明日のことがわからないで生きています。

ほんとうに無責任で、かと言って、責任を持たなければならない状況にはありません。私がいつどうなろうと別段、誰も困りません。誰かの後楯《うしろだて》もないかわりに、誰かの後楯にもなっていません。

孤独だから、一切が私のものであるとも言えます。

私は、そういう生きかたしかできなかったからしただけで、立派でもないし、愚かでもない。あるー定のルールのなかでやっているのであれば、甲乙をつけられますが、なんのルールもないところでやっていますので、いいのか悪いのか、一等なのかビリなのか見当もつきません。

たとえば美術団体に所属していれば、一つの決まりにそって、その人がどの程度であるか目安がつきます。あるいは賞を受ければ、どの賞をもらったかで評価がわかります。そうした社会的な肩書きは一切、私にはありません。ただ私の作品を認めたり、愛したり、興味を持ってくれる人がいるというだけです。それで私は生活ができているというだけ。そのことがこの社会でどういう価値があるのか、どういう位置にあたるのか、それはわかりません。でも、それでいいと私は思っています。

立派でもないし、
社会的な肩書きもない。
でも、それでいい。

人生の本分が大事

私が、最初に受賞のお話をいただいたのは、一九五〇年代のときでした。ちょうどそのとき、私はニューヨークにいました。賞を差し上げるので、経歴などの資料を提出してくださいと言われましたが、物理的にそのような手配は無理で、ニューヨークにおりますのでできません、と申し上げて辞退させていただきました。日本に帰国すると、今度は別の受賞のお話をいただきました。しかし最初の受賞をお断りしているのに、次にいただいてしまっては最初の関係者に失礼です。丁重にお断りしました。

以降、賞という賞はすべてお断りしています。例外はエッセイストクラブ賞です。ほかに類のない賞ですし、本業の作品づくりにも関係ないことから、ありがたく頂戴《ちょうだい》することにいたしました。

つまるところ、芸術家として、なにもいただかないのが私の主義です。

先日、ある人が「篠田先生ともあろうおかたが、なにも受賞していないなんて、世のなかはどうかしています」とおっしゃっていました。しかし、私は欲しいと思ったことがないのです。立派な肩書きは不要で、美術家としての本分だけで充分です。受賞などしてしまいますと、自分の略歴に入れないわけにもいかなくなりますし、かえって面倒の種です。

そもそも、芸術は賞の対象にはなりえないというのが私の考えです。ピカソ、セザンヌ、世界を席巻した『モナリザ』の画家、レオナルド・ダ・ヴィンチ、名だたる画家は受賞していません。物理、科学、医学、文学、平和などの分野は、人類のために貢献したとはっきり証明できますが、芸術はどのように貢献したのか、なんとも言いようがありません。死後、世界的に評価される画家も多くいます。セザンヌ、ジャクソン・ポロックなどは、亡くなってから百億円以上の値で絵が取引されるようになりました。絵というものは、人がつくったものには違いありませんが、ときとして人を超える力を持ち、何世紀にもわたって数奇な運命をたどることがあります。それはつくった本人にもわかりません。

芸術の世界において、私は、人が人に賞を与えることは不遜《ふそん》で、失礼な行為ですら思っています。もし生前ピカソに、あなたに賞を与えましょう、などと言ったら、彼はなんて答えたでしょう。彼が要らないと言えば、それまでです。

ほんとうに立派な人は、人から尊敬されたり、受賞をして喜んでいるような俗物ではないと思います。人からどう思われようと、超然としている人がほんものなのではないでしょうか。

社会的な評価は面倒の種。
自分の本分がすべて。

自然にまかせる

私はフリーハンドで描いていますので、作品をつくっている、という感覚はありません。仕上がってから、ああこういう作品ができた、と知ります。

目的意識はあるようでありません。

こういうふうにやろうと思い、最初の線を引くのですが、もう少し長く引けると思っていたら、案外短く終わってしまうことがあるのです。その逆もあって、もっと長くなることもあります。最初に考えていた線とは、違った線になりますので、次の線はこうしなくてはと変わります。

作品は、描いているあいだの自分自身とそのときの時間で変化しますから、あらかじめ構想をつくりあげることは無理なのです。

人生も同じだと感じています。

こういうふうに生きようと決めても、そのとおりにはいきません。七分程度なら、自分の考える生きるかたちを実現する人もいるでしょう。思いもよらなかった生きかたになったという人もいるでしょう。私の知人のお茶人などは、「オーケストラを従えてピアノコンツェルトを弾きたかった」と言っていましたが、まったく正反対の「和」の人生を送っていました。

私自身、どういうかたちで生きると決めたことはなく、自然にまかせる以外にないと思っています。そしてこの頃は、絵を描く日もありますし、一本の線も引かない日もあります。

描かない日はつくらないようにしたほうがいい。少しでも線は引いたほうがいいと思うこともあるのですが、それ自体、とらわれないほうがいいと思い直し、気にしません。描きたくなれば描くだろうと思います。

こういうふうに
生きようと決めても、
そのとおりにはいかない。
だからとらわれない。
気にしない。

筆をとれば思い生ず

責任感というのとも違いますが、生きている以上、筆を持って仕事をしないと生きていて申し訳ないのではないかという気がしています。ほかに役に立つことはなにもしていないものですから、線だけでもちょっと描かないと、生きていてこの世に失礼なのではないかと思うのです。

中国から伝わる言葉に、「筆をとれば思い生ず」があります。思いが生じたから筆をとるのではなく、筆をとれば思いが生じるという意味です。

私は若い頃、一体これはどういうことだろうと思いました。普通、思いが生じてから筆をとるので、意味がわかりませんでした。

描くことがあってもなくても、とにかく筆を持ちなさい、という意味かもしれない、とまず考えました。きっと人は、筆でもなんでも、表現する手段を手にすれば、おのずと思いが湧くようにできているのかもしれない。親に、食欲がなくても、まずはお箸を持ちなさい、そうすれば食欲が湧いてくる、と言われたことがありましたので、そういうことかもしれないと思ったのです。しかし引いてみた線は、別段、どうということのない出来でした。

歳を経て、ようやく気づいたのは、筆などの道具や場所、周りのさまざまな助けがあって初めて人はなにかを為すことができる。自分が神のごとく生み出しているなどと、思い上がってはならない、という意味なのだと思い至るようになりました。

わかりやすい例が、素晴らしい硯《すずり》を買ってきたとします。新しい硯ですから、墨を磨ってみたくなります。磨っているうちに、ふっと、こういうものを描きたいと思いが湧くことがあります。それは、新しい硯に誘われて、自分のなかに思いが生じたからです。

そう考えてみると、私などは、これまでどれほど墨、筆、紙に誘われたかしれません。それらに誘われ、支えられ、自分のなかに生じた思いを表してきました。
感謝してもしきれない思いになります。

思い上がってはならない。
周りのさまざまな
助けがあって初めて
人はなにかを
為すことができる。

きものは謙虚、洋服は尊大

今どき、私のようにきもので暮らしている人は滅多にいないでしょう。私も、洋服が私の気に入れば着ますが、洋服のつくりがあまり好きではないので、ずっときものです。どうしてあんな融通のきかない、洋服というものを生み出したのでしょう、と思っているくらいです。

きものも洋服も、身につける、ということにおいては同じです。でも、まったく違うのは、きものは人の体を包むもの、まとうものです。洋服は包むものではなくて、人を入れるものです。かたちの決まったもののなかに、生身の人が入ります。

そこには、基本的な精神、ものと人の間柄の違いがあると思います。

つまり、きものは人に対して非常に謙虚です。一方の洋服は人を規制しています。私のなかに入りなさい。私はこれ以上大きくも小さくもなりません、と言っているのが洋服です。きものは、人を主人として扱い、太ろうが痩せようが包みます。

私は、人を主人とするきものを好みます。人が決まったかたちのなかに入っていかなければならない洋服は尊大です。シャツなどを頭からかぶったり、手を突っ込んだりする人の姿は、嫌というよりも、なんでそこまでするのか、情けないとすら感じます。

風呂敷と紙袋の違いも同じことが言えます。今の人は、ものを運ぶのに風呂敷はあまり使いません。ほとんどの人が紙袋です。風呂敷も、きもののように包むもの。たいがいのものは臨機応変に包みます。紙袋はというと、ものを入れるものです。しかも、一つひとつの紙袋は決まったかたちがありますから、入らないものはたくさんあります。言い換えれば、紙袋は洋服のサイズのようにたくさんの種類を必要とします。

これを日本と西欧の文化の違いと言えばそれまでですが、私にとっては精神的に大きな違いがあります。

きものは人の体を包むもの。
洋服は人の体を入れるもの。
精神の違いがある。

日本の木の四角いお風呂は哲学空間

アメリカの建築家、フィリップ・ジョンソン（一九〇六〜二〇〇五年）は、来日したとき、日本の木の四角いお風呂に入って、初めてほんとうの日本がわかったと言い残しました。

手足を伸ばして、バスタブにのうのうと入る西洋文化と、深くて小さな箱のなかにかがみこんで入る日本の文化。正反対の様式にぶつかり、日本はなんて深い文化を持っているのだろう、と彼は心打たれたのです。

「日本人はお風呂で、孤独というものに近い環境をつくり出した。しかも一糸《いっし》まとわずに。そしてそれはほんとうの孤独になりうる時間を生み出した」と言ったのです。

うずくまる空間をつくることで、孤独と向き合う時間をつくった、と指摘した海外の人を私は知りませんでしたので、フィリップ・ジョンソンという人は、やはり感性の鋭い人だと思いました。

彼は、近代建築の四大巨匠と言われるル・コルビュジエ、フランク・ロイド・ライト、ヴァルター・グロピウス、ミース・ファン・デル・ローエの少し後の建築家で、アメリカを代表するモダニズム建築家として、数多くのビルや美術館のほか、米国の名門一族ロックフェラー家の親類で、ロックフェラーのゲストハウスも手がけました。林のなかにグラスハウスをつくるなど、非常に思い切った独特な空間をつくった人で、私は二、三度会ったことがあります。

大金持ちで傲岸不遜《ごうがんふそん》。自分勝手なことをやる人、という印象でしたが、余計な社交もお愛想も振りまこうという気がなく、私などは逆にそういう人のほうが正直で、気持ちいいと思いました。

普通の西欧人は、小さなお風呂はのびのびとできないから、つまらないと思うだけでしょう。お湯に浸かるということは、のびのびとすることですから、手足を伸ばさないのはお風呂の目的にかなっていません。

日本の場合、ひと昔前までは、お湯を沸かすのも容易ではありませんでしたから、小さい木風呂で温まることは合理的でした。広いプールのようなところを温めていたら、日本の経済は成り立ちませんでした。私も子どもの頃は、薪や石炭を燃やし、お湯は無駄にしないようにと母に言われました。

フィリップ・ジョンソンは、日本のお風呂は物質的な倹約だけではない。なにかがあると感じました。買いかぶってくれたのかもしれません。

日本のお風呂は燃料をあまり使わないようにして最少の量のお湯で温まる。西洋のほうは無駄がたくさんある。でも実際に入ってみて、この空間で、人は自分の孤独を見つめることができると、彼は気づいたのです。

西欧化して失われていく日本の文化を、彼のように海外の人のほうが価値に気づいてくれることは多々あります。

西欧化して失われていく
日本の文化。
深い意義に気づかせてくれる
海外の人。

江戸っ子の批判精神

私は、長く生きすぎました。

ときどき考えてしまいます、私の一生はなんだったのだろうと。百年以上もこの世に生きて、人々にちょっと変わったヘンなおばあさんがいたものだ、って思われただけですね。それでいいです。変わったヘンなおばあさんで。

この世っていうのは、ほどほどに失礼すべきものです。こんなに長生きするのは、おめでたくもなんともない。人々にとって厄介なだけでしょう。

ほんとうに野暮。野暮っていう言葉が今の私に一番合っています。野暮という批判精神は、英語に翻訳できるのでしょうか。江戸の庶民が考え出した言葉です。田舎臭い、というのとも違います。

野暮ったい。野暮くさい。野暮なことを言うんじゃないよ。野暮っていう視点から見ると、国内外で起きているいろんなことがみんな野暮です。大野暮、野暮の骨頂。

野暮の対照は粋です。しかし粋っていうのは、なかなか範囲が限られた美意識です。なにをもって、昔の江戸っ子は一番美しいと思ったのか。江戸っ子というのは、宵越しのお金は持たないとか、変に気取っちゃっています。無理をしてしまう。やたらとなんでも、小馬鹿にするというのでしょうか。こを付けて表現します。

こうるさい。こぎれい。こいき。こざっぱり。こを付けたのは、江戸っ子の優れた神経だと思います。こを付けると、角が立たなくて許されます。こぢんまりしたいい家だねえって、昔は貧しい小さな家のことでした。

江戸っ子は一種の権威に対して恐れない。逆にちょっとそれを笑いにします。江戸っ子のやせ我慢みたいなものもあると思います。徳川幕府の偉い人や京都の公家にはちょいとかなわないと思って、野暮という言葉やこを付けたりして対抗したのではないでしょうか。

戦前までは、野暮なことは許さない、というような風潮が日常にありました。この頃は、ぜんぜんそういうものを感じません。なんでもよろしい。受け入れてしまいます。うるさい人がまずいない。私たちの少女時代まではやかましいおじさまやおばさまがいました。そんな野暮なことをするもんじゃないよ、と恐《こわ》い人がいっぱいいいました。

昔の編集者も、なかなかうるさかったです。それこそ、こうるさかったです。こちらも、そのつもりでちょっと構えました。今の若い編集者は、私が部屋に入っても、座ったまま立ち上がりません。だから、私はわざと立ったままで、「こんにちは、お待たせしました」と少し間を置いて切り出します。それでも椅子から立ち上がりもしません。

まあ、野暮な私が言うのも、何なんですけど。

野暮なことを
するもんじゃないよ。
江戸っ子が考え出した
「野暮」という批判精神。

もっと自分たちで生み出す努力を

国際社会で、「これは日本独自の文化です」と誇らしげに言う人を見て、私は日本人として恥ずかしくなることがあります。日本独自の文化、と言うからには、ほんとうに独自でなければなりません。しかし、もとをたどれば、ほかの国の文化を利用してアレンジしたものだからです。

これはなにも、文化やモノに限ったことではありません。日常的にも、日本人は、ほかの人が考えたアイディアや企画を我が物として利用します。あるいは、ほかの人がつくり出したデザインや作品の一部を借りて、自分のものとして完成させてしまいます。普通に真似るのも、借りるのも平気。罪悪感というものがありません。

人のものから始めなければいいのに、人のものを使って「独自」と称します。

そうした日本人の浅い考えを、情けなく感じます。

こういったことは、古来ありました。

日本人は、日本の字を生み出しませんでした。中国の文字を利用して、勝手な使いかたをしてつくりました。そして『万葉集』を最古の和歌集と言って、日本の誇りにしています。日本独自の字を生み出して書けばいいのに、中国語を意味で取ったり、当て字で取ったり、音で取ったりして編纂《へんさん》しました。

たとえば、「きょう、みつるかも」という一文は、「今日《きょう》、見《み》鶴鴨《つるかも》」。「今日」と「見」は意味で取り、「鶴鴨」は音で取りました。万葉集の写本はいくつかありますが、写本によって用いた当て字はその都度、変わりました。

その後しばらくして、日本人はカタカナとひらがなの表音文字をつくります。楷書の一部を取ったのがカタカナで、草書をさらに簡略化させてつくったのがひらがなです。もとは全部中国の文字です。

日本人は、自分で生み出そうとする努力をしません。そんな無駄なことをするより、よそでつくっているものをちょっと借りればいいじゃないか。そのほうがエネルギーもいらないし、便利でいいよ、と思っているのでしょうか。本質的ではなく、便宜主義です。

利用価値のあるものを上手に活用することは、日本人が得意としてきました。よそのものを、自分のものとして便利に直して使います。あっさり、もとよりいいものをつくってしまいますから、生み出した国からは、かなわないと思われていることでしょう。

歴史的に、日本独特の文化として極められたものに、織物、陶磁器、茶など数多くあります。しかしもとをただせば、大陸から渡って来ています。蚕の糸から複雑な織物をつくり出したわけではなく、茶碗を生み出したわけでもありません。真似から始まりました。

ですから、「これは日本独自の文化です」と誇る前に、もっと謙虚に、日本では上手に使いやすくつくって、便利に使わせてもらっています、という気持ちは忘れないほうがいいように思います。ましてや、自慢げに、偉そうなことを国際社会で言うのは恥ずかしいことです。

文化を生み出した側にしてみれば、日本人は自分たちが苦心してつくったものを泥棒して、勝手に使っている。その使いかたも、自分たちの便利なようにして、本質的な使いかたから離れたことさえする。歴史的にみても、なんて人をバカにした国なのだろうと思うでしょう。

日本人は、自分たちが利用して、どこが悪いと思っています。便宜主義的なやりかたは、私たちの日常にも蔓延《まんえん》しています。

便利に使わせて
もらっていることの
謙虚な気持ちは忘れない。

無知は人生の損

無知は罪の一つと言われています。

無知でいることは、自分の人生を投げ出しているようなものです。

戦前の日本人は、世界がどういう状況にあったのか知りませんでした。日独伊の三国同盟を結んだとき、欧米諸国のなかで一番優れているのが、ドイツで、ドイツはたいへんに進んでいると、日本人は信じ込んでいました。

なかには国際感覚のある人もいて、ドイツ、イタリアと結んだからといって、これでいいなんて言っていられませんよ。米国や英国も優れていますから、と言う人もいました。今思えば世界的に視野が広い人でしたが、そんなことを言う人は非国民だと非難されましたので、誰も口にしなくなりました。

戦時中、米軍の軍用機が空から英語のちらしを撒《ま》いていました。英語の読める人は現状を知ろうと隠れて読んでいました。英語がわかる、というだけでスパイ扱いされましたので、英語がわかっていても、わからない顔をするしかありませんでした。

そして日本はコテンパンに負けて、やっと米国や英国などの国の持っている力を信じました。ほんとうに無駄なことばかりをやっています。

日本の一般市民は、国際関係がわからず、なんでも人にまかせておけばいいと、一般の市民としての自覚がありませんでした。役人にまかせて、のんきなものだったのです。あの時代は、今のようにテレビもないし、ラジオもあるかないかという状態でしたから、どれだけ外には強い国があるのか、知る手がかりがありませんでした。食べるものすらなくなってから、世界というのは、非常に複雑にいろんな国が絡み合っていることに、私たちも少し気づいたのです。

それまでは、蒙古襲来があったときも、神風が吹いて運よく助かり、海外から攻められたことがありませんでしたので、のんびりとしていました。日本は神の国だとつくりあげられ、侵されるはずのない国だというのが、私たち少女時代の一般的な常識でした。

一般市民は、日本は神の国で絶対に侵されない、と言っていれば安泰で、英語のわかる人が真実を追求すると、ひどい目に遭いました。家庭では、なにも言ってはいけないと躾《しつ》けられました。書の展覧会では、「米英撃沈」と書かなければ、開催もまかりなりませんでした。

こうした歴史を、国際的にも国内的にも繰り返さないために、私たちは一人ひとりがある程度の高い意識を持つほうがいいように思います。日本は特に島国ですから、偏った意識で育ち、それに固まってしまいます。広い国際感覚に疎《うと》くなります。ヨーロッパなどの大陸は、隣にすぐほかの国がありますから、高い意識を維持しています。

日本人の思考は、科学的ではなく、情緒的です。歌をつくったり、文章を書いたり、文化的な教養は歴史的に育まれてきましたので、それについては非常に優れています。これで、一人ひとりが国際感覚を養えば、はるかに有意義な世のなかに働くのではと私は思います。

無知でいることは、
自分の人生を投げ出して
いるようなもの。

芸術が寄り添ってくれる

セザンヌのサント＝ヴィクトワール山の絵を見たとき、私は山をなんて美しいと思って見ていたのだろう。自然を眺める彼の目は、私たちとは違う眼差しを持っていると思いました。

なんでもない絵ですが、なんでもなさが凄いのです。ただ山を眺めている、なんでもなく眺めているのです。たいがいの画家は、さすが画家の目のつけどころは違う。こういう見方があるんだと、人が驚くような主張が絵のなかにあります。ところが、彼のサント＝ヴィクトワール山の絵には、特別なことはなにもありません。ただあっさりと山の絵があるだけです。それなのに、見る人たちはすっと引き込まれてしまいます。そこが不思議でなりません。彼にはこういう印象を人に与えようと思って描いたという下心がないのです。

作者の名前は思い出せないのですが、ニューヨーク近代美術館に展示されていた男の子の肖像画もすっと引き込まれます。純粋無垢《むく》な一人の男の子がやや下向きに立っている絵ですが、ただ無邪気に、なにも考えていない男の子のようにも見えますし、長いこと我慢しているような、哀れで可哀想だと思わせるところもあります。見る人のそのときの心理によって、どうとでも見ることができます。そして、男の子に出会ったこちらが、彼が訴えている気持ちを聞き取ろうという心になります。人間的なものが通じ合うのでしょう。

この男の子を、ある私の友人の画家はモナリザなんて目ではない。世界中の肖像画のなかで最も惹きつけられる、とコメントしていました。男の子は、多くの人に囲まれているようにも見えるし、孤独にも見える。でも親しみ深く感じて、また見に行きたいという気持ちにさせられます。

セザンヌのサント=ヴィクトワール山の絵を見ていたときは、この絵を見たら、人生に絶望して死にたいと思う人も、もう一度生きていこうという気持ちになれるかもしれないと思ったことがありました。あの絵には、それだけの力があると感じています。

絵に限らず、音楽、文学などの芸術には、あるところに凝縮して、固まって動かなかった心をほぐす力があると思います。死にたいと思っていた気持ちをふと引き戻してくれたり、落ち込んでいた心をすくい上げてくれたり。ふと耳にした音楽に、思わず涙をこぼすということもあるでしょう。芸術は、あらゆるときに人の心を支え、寄り添ってくれます。

芸術には、
あなたの固まって
動かなかった心を
ほぐす力がある。
あなたの心を支え、
寄り添ってくれる。

なにげない生活のなかに芸術はある

ほんとうの芸術は普通の生活のなかにあります。

それはジャクソン・ポロックの絵を見たときに、あらためて私は気づかされました。彼の代表的な作品は、絵の具などの塗料をキャンバスに撒いてつくられたものです。キャンバスを床に置き、その上から刷毛《はけ》などでコントロールしながら塗料を撒くのです。

以前にも書きましたが、その作品を見て、私は、少女時代に家の手伝いでしていた水撒きを思い出しました。自宅の門から飛び石伝いに玄関まで、バケツで水を汲《く》んで、柄杓《ひしやく》で水を撒いていました。家事手伝いのなかで、もっとも楽しかった時間でした。

石に水しぶきが上がると、水しぶきのつくるかたちが現れて、さらに光の加減で石が輝きました。今日は水のかたちも石の色もきれい、と心躍らせながら撒いていたものです。

そして、水を撒くことで、自分の行為で美しいものをつくっているという気になり、自分の行為に価値があるような気にもさせられていました。

だからジャクソン・ポロックの作品を見たとき、彼も撒く行為を楽しんでいるに違いないと思いました。

残念なことに、一九五六年、彼は運転していたジープを大木にぶつけて亡くなりました。そのジープの前でポーズを取る彼の写真を、私は写真家のハンス・ネイマス氏からいただいて持っています。

余談ですが、ハンス・ネイマス氏は、ジャクソン・ポロックの記録映画と五〇〇枚以上と言われている彼の写真を撮影した人でした。彼はジャクソン・ポロックを撮影したことで有名になり、ウィレム・デ・クーニング、マーク・ロスコ、ロバート・ラウシェンバーグなど、当時を代表する芸術家たちを撮影していました。私も彼のスタジオを訪ねたときに、ジャクソン・ポロックの写真を譲っていただきました。

今思い返せば、水撒きをしていたとき、人の行為で美しいものができる、ということは私も認識していました。でもその行為に、芸術的な価値があることには気づいていませんでした。

しかしジャクソン・ポロックは、それを認識するばかりでなく、これが自分の考えている芸術だと世に発表しました。そこが凄いところです。撒いてつくるという行為に、きちんと自分の責任と感覚と一切を託して、人がつくりうる芸術として発表したのです。ものの見方、価値観の置き方が違います。偉い芸術家だと思います。

芸術は、一種、特殊な世界だと思われがちですが、普遍的な芸術は、このようになにげない普通の生活から生まれます。日本では、良寛もその一人かもしれません。近所で遊ぶ子どもたちのために、凧《たこ》に書いた『天上大風』。

それを美術館で目にしたとき、私は少女時代によく見ていた風景を思い出しました。私の瞼《まぶた》には、広大な青い空のなかで天高く舞う凧の姿が重なったのです。

人は生活のなかで
美しいものをつくる。
それが普遍的な芸術になる。

後世に希いを託す

何本かの細い線を引きました。

かたちにはならない線の集まり。

線は、かたちをつくろうとしています。あるいはかたちから離れ離れになろうとしています。夕焼けなら夕焼けが、一刻一刻、色が変わって、立ち止まることがないように、線の集まりも動いています。

そうした線の状態の一瞬を、絵は紙の上で固定させます。

一刻一刻変わる夕焼けの瞬間を、写真も画像に固定します。写真は変化している前後の時間を切り取り、写したその瞬間を正確に残します。

絵はというと、その前後を想像させる力があり、時間もなかに入っています。

人が描いた線は、時間を含んだ軌跡となって残ります。

同じ一瞬を捉《とら》えても、この前後の時間が入るか入らないかが、写真と絵の大きな違いだと私は思います。

そして、目に見える自然をそのままに残すのが写真で、自然の持っている匂い、陰影などを見えるかたちに表すのが絵です。

絵は、現実そのものを表すのではなく、現実が持っている夢、哀しみ、怒り、そういった内包するものを抽出して、別のかたちに置き換えます。すでにあるものをつくっているのではなく、新たに生み出しているのです。ある現実がもととなっていますが、想像力が主となっているので、現実はずっと後退します。だけど、私たちが生きているこの現実がなければ成り立たない世界です。

私が、昔から持っているテーマに、しめ縄の掛かっている神社の奥に鎮座する神様があります。神様をどう表現したらいいのか。最近、久しぶりに筆をとりました。人の心に宿る、目に見えない神様。その神様をもし表すとしたら、線やかたちではない。それはパッと落とす刷毛のしずくしかない。私は、銀のしずくを落とすことにしました。

銀は、年月が経つとだんだん黒っぽくなります。絵の具ではなく鉱物ですから焼けます。黒っぽくなるのが嫌だという人もいますが、銀の焼けを愛する人もずいぶんいます。

私は、自分の想像の神様を銀のしずくにして、あとは年月に委託します。自分が生きていない後世になって、銀のしずくを見てくれた人が、味わい深いものだと思ってくれればと、微《かす》かな希《ねが》いを繋げます。

銀は、絵が置かれている場所、空気、湿度などで、焼けかたは変わります。時間を取り込む絵は、天地自然にその身を委ねています。それは私には非常に美しくもあり、絵の持つ宿命に切ない思いにかられます。

天地自然にその身を委ねて、
後世に希いを託す。

一部初出　連載「ほんの無駄話」（株式会社ハルメク）

篠田桃紅

しのだ・とうこう

美術家

一九一三(大正二)年生まれ。東京在住。墨を用いた抽象表現主義者として、世界的に広く知られており、数えで一〇五歳となった今も第一線で製作している。著書に『一〇三歳になってわかったこと』『一〇三歳、ひとりで生きる作法』『人生は一本の線』(すべて小社刊)。

一〇五歳、死ねないのも困るのよ

2017年10月8日　第1刷発行

著　者　篠田桃紅
発行人　見城 徹
編集人　福島広司

GENTOSHA

発行所　株式会社 幻冬舎
〒151-0051　東京都渋谷区千駄ヶ谷4-9-7
電話　03(5411)6211(編集)
03(5411)6222(営業)
振替　00120-8-767643
印刷・製本所　株式会社 光邦

検印廃止

ISBN978-4-344-03188-3　C0095
幻冬舎ホームページアドレス　http://www.gentosha.co.jp/

この本に関するご意見・ご感想をメールでお寄せいただく場合は、
comment@gentosha.co.jpまで。